짐작되는 평촌역

황금알 시인선 171

짐작되는 평촌역

초판발행일 | 2018년 5월 31일

지은이 | 서범석
펴낸곳 | 도서출판 황금알
펴낸이 | 金永馥
선정위원 | 김영승 · 마종기 · 유안진 · 이수익
주간 | 김영탁
편집실장 | 조경숙
표지디자인 | 칼라박스
주소 | 03088 서울시 종로구 이화장2길 29-3, 104호(동숭동)
전화 | 02)2275-9171
팩스 | 02)2275-9172
이메일 | tibet21@hanmail.net
홈페이지 | http://goldegg21.com
출판등록 | 2003년 03월 26일(제300-2003-230호)

ISBN 979-11-89205-00-3-03810

짐작되는 평촌역

서범석 시집

황금알

자꾸 따라오는 겨울

두더지 같은 것들이 올라탄

지하 전동열차 임산부보호석의 손금

하늘이 알을 낳는 냄새

백합나무 꽃 익어가는 소리

노트북에 기어가는 배추흰나비의 고독

은행알에 미끄러져 쏟아진 정의와

사랑이 품절되는

나물이네 밥상으로부터

스마트폰 문자를 타고 전송되는

─네가 있어야,

차 례

1부 개미귀신

2부 스무 살 슬리퍼의 퇴임사

3부 서울 지하철 2호선

4부 축령산의 폭탄저기압 사랑

5부 마이너스 당나귀

1부

개미귀신

개미귀신

산 속 모래흙이 있는 곳
풍수도사처럼 비 맞지 않게 터를 잡은
개미귀신의 깔때기 집을 보면

파고 들어가 모래를 던지는
우묵하고 미끄러운 집 짓고 그 밑에 숨는
부지런한 놈 지나다 얼결에 빠지는
개미지옥을 개점하는 흉악 간교한 사기꾼

사실은 명주잠자리 애벌레라는데
그 많은 개미와 그 친구들을 그렇게 잡아먹고
우화羽化한 후의 식량까지 채워 가는 욕심보
고운 명주 날개를 달고 이슬만 먹고 사는 척

개미귀신의 지옥에 빠져 돌아오지 못할
쉼 없이 먹이를 찾아 출근길에 오르는
저 많은 개미들의 등선登仙을 사서 배낭에 담는다

시녀

궁녀는 후궁이 될 수도 있는 가능성의 여자지
시녀는 평생 주인마님의 수발이나 들지

아씨가 먹다 남아 이제 쓸모없는 음식은 내 몫이지
따님 드린다고 불고기는 먹지 못하게 하지
시녀는 늙어서 한창 물오른 따뜻한 잔반처리기계지

아드님 쓰다 버린 선글라스나 물려받는
귀여운 손녀 응가 기저귀 모아 버리는 책무
곰살맞게 미소로 끌어안는 백발의 시녀지

철 지난 스웨터나 걸치고 무 배추 씻고 밥쌀을 앉히는
가끔 도련님 모시고 공원이나 학원으로 차를 몰아
가방 들고 뒤따르는 눈치 있는 사진기사지

많고도 바쁜 일들 허리가 휘도록 처리해도
주급도 월급도 받지 못하는 받을 생각도 없는
허허허 히히히 웃음만 헤픈 나는 시니어지

익손益損 계산서

살아오면서
늘어난 건
말솜씨 술솜씨 운전솜씨뿐이네

죽어가면서
줄어드는 건
참과
부지런함
그리고 사랑뿐이네

겨울

겨울을 들고 밤바다로부터 나온다
어머니는 겨울을 가지고 노는 걸 싫어해서 몰래 즐기지
겨울은 공부 잘하는 정희를 미워하는 점이 좋아
저녁상 머리에 앉아 칼국수를 노려보고
머리에 파인 구멍 속에서도 겨울은 즐겁다
겨울은 늘 함께하고 있기에 그리움 같은 건 없다
둥지둥지 따따따 아기새가 날아갈 때
겨울은 미친 듯이 기뻐하며 내 가슴에 파고든다
어머니의 눈 쌓인 수건에도 망치를 들려준다
잠시 취했던 따사로운 순이도 얼음판에 던진다
겨울은 온통 행복한 춤으로 모든 걸 흔들다가
끝까지 가지 않겠다고 보채고 있다

욕지도 횟집 활어회 가격

둘이 50,000원
서이 70,000원
너이 80,000원
다서이 100,000원

원들이 모이면 행복해지느니
따로 놀면 서더리탕도 없다!

함양 어탕집의 백세시대

99세 미만은 금연입니다.

조금만 참아주세요. ~! ^^;

ㅋㅋ 웃음으로 먹는 어탕, 어죽
150세까진 살아야지 ^^~~

어눌한 오동나무

푸른 들판이 넓은 간략하게
넓은 광맥이 한창 면밀하게
한창 아름다운 산수유가 고요한 정성스레
고요한 '끄라비'가 사나워진 사랑스레
사나운 먹구름이 그리워진 악착같이
그리워진 달콤한 오동나무가 푸른 시막같이
붉은 바다가 좁은 목구멍으로 복잡하게

밥 먹고 뛰고 달리며 넥타이 매는 밀림 속

* '끄라비'는 박형서의 소설 「끄라비」를 읽어야 할 듯.

소리의 본성

본래 바람소리는 없다
나뭇잎이 부딪히는 소리이거나

원래 빗소리는 없다
창문이 막아서는 소리이겠지

소리 없는 것을 두고
사람들은 바람소리 빗소리

나도 소리 없는 사람인데
개들이 막아서고 부딪힌다

줄기

나뭇가지야
거기 달린 나뭇잎들아
왜 그렇게 너희는 많으냐

지나는 바람과 수작하는
그 많은 허튼 말들

하나면 되지
줄기

아름다웠던 추억을 들고

가장 아름다웠던 추억을 들고
아름답게 견디는 모진 겨울

갈대 제비쑥 과꽃 쑥부쟁이
시들고 마른 꽃잎 버리지 못하고
밤볼에 샛별눈은 검은 뼈대뿐

누구나 꽃피던 시절이 있었지
눈꽃바람 불어도 버리지 못하는

단칸 통나무방 문 닫기
— 공광규의 「담장을 허물다」에 붙여

1.5평 단칸 통나무방에 들어
하나뿐인 문을 닫는다

마음 흔들던 휘파람새 소리도
녹음되어 돌아가며 귀를 긁어대던
나무관세음보살 독경 소리도 듣지 못한다

소주맛을 바르고 덤벼드는
바비큐와 삼겹살 냄새도
정전협정에 사인하고 밖에서 서성인다

좁지만 있을 것은 다 있네
콘센트가 여섯 개나 있어 별일 다 하겠다
이것이 '대박'이라는 막걸리 포스터 군침 돌고
가스버너 두 개씩이나 있어 걱정 없지
휴지통 하나면 됐고 방석은 넷이나 있네

아, 메뉴판 하나에 음식이 가득하구나
〔목살, 이동갈비, 오리로스, 오리훈제, 돼지왕갈비, 간

장계장, 불낙전골, 옻닭백숙, 평양단고기, 한우꽃등
심……]
　다양한 문자들이 배를 배부르게 한다
　무엇보다 호출벨이 하나 있으므로 안심

　엠티촌 젊은이들의 자지러지는 웃음소리도
　아카시아꽃 달콤한 추억 내음도 결별한
　고요한 방 안에서
　고를 것도 없고 뽑을 것도 없는 마음으로
　먹을 것도 마실 것도 없는 허기를 채운다

또 하루

비 내리는 늦가을 스산한 아침
스마트키가 전원이 약하다고 발신한다
쉽게 배터리를 갈 수 없다, 내 실력으론,
포기하고
임대아파트 월세를 보내려고 컴퓨터를 켠다
OTP가 작동하지 않는다, 전기가 나갔다,
포기하고
티브이라도 보면서 망가진 안정이라도 다듬으려는데
TV 겸용인 모니터의 리모컨 배터리가 또 방전됐구나,
모든 걸 포기하고

푸른 손들의 서비스 센터로 가서
운명 직전의 스마트키를 구조 요청한다
3,000원을 배터리 값으로 지불한다
이제 마음 놓고 은행으로 가서 OTP를 교체한다
5,000원을 내가 부담하는 게 맞다는 텔러 아가씨의
주장에,
포기하고
세븐일레븐에 들러 리모컨 배터리를 사서 주머니에 담

앉지

돌아오는 길
늦게 뜬 태양이 가을 하늘 아래 구름담배에 불을 붙이고
왕방산은 낯선 일진을 굵직한 연기로 뿜어 올리고 있다

2 부

스무 살 슬리퍼의 퇴임사

스무 살 슬리퍼의 퇴임사

너는 떠나고 나 홀로다,를
햇살 밝은 방바닥에 펼친다
질긴 20년이 나를 허물지 않았느냐,를
닳고 해진 뒤꿈치에 새긴다
당신의 온몸을 온몸으로 떠받치고 살았다,를
비스듬히 파인 뒤축에 숨긴다
너와 더 살더라도 너는 날 버렸을 거다,를
낡고 병든 몸으로 가슴 벅차게 말한다
우리 둘을 엮어 준 등줄기는 아직 멀쩡하다,를
벌레 먹은 낙엽같이 추억으로 남긴다
앞코가 지금도 용기 있게 나갈 수 있도록 사랑이 가벼
웠다,를
너의 사랑이었다고 입속으로 읽는다
네가 방 안에 들어올 때마다 우리는 한몸이 되었다,를
기꺼이 고백한다
네가 떠난 이 방을 나도 지킬 수 없다,를
내 사랑에게 분명하게 밝힌다
너의 퇴임이 나의 정년이었다,를
질질 끌면서 한 번도 가보지 못했던 쓰레기통으로 간다
짧지 않았던 인연을 소중히 생각하며 하늘로 갈 것이다

윤슬

해와 달이 없으면 빛나지 않는다
황금빛으로 반짝이는 너의 윙크
강과 바다가 아니면 놀지 않는다
쪽빛 물결 위를 수놓는 비단 발자국

하늘과 물과 사람이 한마음으로 만나
물놀이할 때면 해맑은 웃음으로 출렁이는
모래놀이할 때마다 기어이 사랑을 비추는

아침해와 보름달과 서로 바꾸어 심던 눈부처
엄마 아빠, 할머니 할아버지 눈에도 심어주면
젖은 치마도 까칠한 수염도 연꽃으로 피어나지
지나가는 이웃들까지 물결 위에 태워주는

찬란한 빛과 춤과 행복이 영원하다
우주가 끝없듯이 세월이 무궁하듯, 윤슬

순수만세

밥 한술 넣고 불고기 한 점 넣어 씹는다
밥맛이 아니네
봄동 겉절이 한 입 섞어 씹는다
밥맛은 녹았네
구운 간고등어 한 젓갈 듬뿍 뜯어 넣고 씹는다
밥맛은 행방불명
달래간장 넣어 구운 김에 싸서 씹는다
밥맛이 날아간 밥맛

얼큰한 콩나물해장국에 밥 말아 먹는다
얼큰한 전주집 콩나물해장국 맛이다
구수한 된장국에 술술 말아 먹는다
구수한 할머니 냄새가 모락모락 솟는다
미끈미끈 미역국에 슬슬 말아 먹는다
미끈미끈 넘어가는 미역국 맛이다
팔팔 끓인 민물생선매운탕에 훌훌 말아 먹는다
팔팔하던 시절 계곡낚시 손맛

아예 식탁의 모든 것 다 집어넣고

참기름 한 숟갈 고추장 한 숟갈 얹어서 비빈다
맛과 향기와 감촉 속으로 코 박고 먹는다
모두 있어서 아무 맛도 아닌 비빔밥

밥 한술만, 물고
자꾸 씹는다 제맛이다 밥맛이다
달착지근한 엄마의 젖

미소

비가 가슴을 긁어도 바람이 뺨을 때려도
수십 년 전 너를 만나기 전처럼
나 여기 있는데, 미소는 항상 하늘에 떠 있다

우악스런 세월 지나도 제 몸의 크기와
아름다움은 변함없을 것이라 착각하는 보름달
영락없이 작아질 것이다

네가 작아지면 내 기대는 커지고
커지고 작아지는 달마다의 되풀이가
붉은 인연실로 잔인하게 묶여 있다

때때로 너는 구름에 먹히면서
너를 한 번 죽이고 나를 두 번 죽인다

밝음과 어둠의 영원한 숨바꼭질 속에서
아무것도 못 먹는 입이 커졌다 작아졌다
하늘 거주만 고집하며 움직이지 않는 미소야,

모시 저고리

모시 저고리가 가슴을 열고 빈 젖을 물리신다
시속 백 미터 계주를 하던 바람도
잠시 모시 저고리 속에서 차 한 잔 마신다

모시 저고리가 모시 치마 안에서 알사탕 꺼내어
허기진 순결의 손에 쥐어 주었지

조밭 매는 호미 끝에 떨어지던 땀방울
모시 저고리 가슴에 새근새근 잠드는 중
밤마다 달빛은 모시 저고리 속으로 파고들어
보이게 보이지 않게 외로운 젖을 먹고

잔칫집 가는 날 모시 저고리는,
막내 손주 손잡고 고샅을 지나는 할미꽃,
지금도 선산을 지키시며 봉긋이 앉아 계시는데,
노란 송홧가루 다식을 반죽하며,

이별의 냄새

세상서 제일 맛있는 안주가 담배인데
이젠 술 마시는 곳마다 ㄱㅁ여ㄴ이네
불만 가득히 집으로 돌아와, 한 대
베란다의 자유를 담아주던 재떨이
사정없이 박살나고 말았네, 그래
끊으라는 게시야, 남은 던힐 네 개 피
모두 쓰레기통에 넣으며 연기 같은 사랑
고생이 태산 같았던 마음 이별로 버린다
이제 안주 빼고 술과 노는 고독이 오리
나 평생 웬수와 아픈 안녕을 나누며
화장실로 달려가 미치ㄴ사라ㅇ 냄새 씻는다

말이 나간 사람들

거울 속으로 뒷모습을 보이고 있는 남자의
왼쪽 팔이 노리는 샘을 흔드는 여자의
침실로 은폐를 데리고 온 젊은 남자의
바둑이가 눈을 마주하고 있다
노인을 품고 젖을 먹이는 소녀의
하얀 가슴

언제나 채워지고 비워지는
뚜렷하고 희미하고 희미하고 뚜렷한 물

겨울과 봄 사이

몇 번인가 하늘은 물먹은 눈을 보내어
산의 머리부터 발끝까지 짓누르다
진통하는 산모의 양수
어머니의 겨울이
봄옷을 지어 주시듯
초록 손들을 밀어 올리는 분만
바위와 허벅지 사이로 흐르는 녹색의 물
22층 아파트 옥상에서
다이빙으로 꽃에 꽂히는 까치의 연서
입의 크기가 얼굴과 맞먹는 소녀의
검은 가방끈이 길 위에 매달려 간다
입으면 덥고 벗으면 춥다
걸어가고 있는 낯익은 사랑
그냥 가도 돌아가도 없다
잡지도 보내지도 못하는 사람
열 수도 닫을 수도 없는 가슴

매미 결혼 목격담

긴 세월 땅 속에서 보낸 사춘기가
이 짧은 청춘이 또한 한스러워
맴 맴 매암 맴 맴 맴
죽을힘을 다해 수컷이 연가를 부르는데
그대를 만나지 못하고 죽을 수는 없다고
전기 먹은 암컷이 끌려와
같은 나무줄기에 신부대기실 마련하고
신중하게 목소리를 확인하며 정탐하다가
벌건 대낮인데 살금살금 수컷에게 기어가
신랑의 몸을 더듬어 손을 잡으니
한 세월 이어오던 울음을 멈추고
그만 한 몸으로 목숨을 묶는구나

하객들은 각자 제 짝 찾기에 바빠
맴맴 쓰르르 찌찌찌 시끄럽고
주례 보던 하느님만 파랗게 웃고 있네

4월의 눈

4월에 무슨 눈이 이렇게 오느냐고
두덜거리며 달라붙는 눈을 털던

겨울마다 만나는 그런 눈이 아닌
너무 늦거나 너무 짧아, 선명한
아주 그렇게 길게 남은 사진 같은 것

일생에 단 한 번밖에
만나지 못했던 눈

살다 보면 흐려지고 없어지는 것
아니고, 늘 녹슬지 않고 파고드는

처음이자 마지막으로 만났던
그래서 금방 녹아 물이 되었던
너, 너의 사랑과 원망의 눈
차창에 늘 남아서 나를 겨눈다

너를 생각할 뿐

우주만큼 큰 몸살로
태양만큼 뜨거워진 가슴 그리고
쉼 없이 세월을 뒤채며 앓는 꿈
오직 너를 생각할 뿐
이 한 몸 버리기로 했어, 끝까지
고열로 쏟아내는 땀이 하늘에 닿고
그만큼 내 몸 녹아서 허공에 흩어지기 전까지
갈매기 소리도 상어의 노래도
함께 담아 모두 날렸어
달빛도 별빛도 몸으로 받아
버리고 비우고 염전에 남은
하얀 사리
네 생각이 썩지 않도록 지키겠어
지키다가 날아가 네 몸에 들겠어
짠맛으로 너의 붉은 피가 될래
나는 나니까 나 하나쯤 없어도 돼
자라서 우리가 되는 어여쁜 너뿐

하늘 나누기 방법론

맑은, 흐린, 갠, 푸른
안 되는 형용사의 결핍이 검증되고
동해, 서해, 인도양, 대서양
턱없이 부족한 명사의 좌절이 판서된다

고등어는 바다에서 고라니는 산에서 찢으라고
고씨 종중에 기도할까
제비쑥과 제비꽃을 족제비 앞에서 족치면
시원하게 나눠질까, 비웃는

황해도 사리원이 아닌
경기도 〈서리원〉에서 한정식을 먹으면
미친놈 아닌 놈이 미친년이 아닌 년과 연애를 하면

라니야, 라니야
등어야, 등어야

말은 돌고 돌아 성과 이름을 나누고 찢고
남도 북도 제 구름을 붙잡고

남자도 여자도 혀와 입술의 분할등기를 끝내고
대기와 물을 가르고 물을 물로 나누고
하늘을 나누기로 나누기로

봄부터 겨울까지 계속 피는 꽃을 본 적 있으세요?
새이죠 ^^
새는 나무의 꽃이에요

네가 있어야

—할아버지가 나 간질여 봐!

간질이기도 전에 자지러진다

헤 헤 헤 흐 흐 킥 아악

—할아버지가 할아버지 간질여 봐

으응?

내 손으로 날 간질이지 못하는구나

남의 손만이 날 간질일 수 있다

너 없이 혼자서는 아무것도 아니네

3부

서울 지하철 2호선

서울 지하철 2호선

2호선 사당역에서 나뉜 공손숙과 강철민은
엇갈린 계단으로 내려가 제 갈 길로 떠난다

엇비슷이 도착한 비슷한 열차
분명히 다른 곳에 몸을 싣고 마음도 싣고

공손숙은 서울대입구역 봉천역 신림역 순으로 밟아간다
강철민은 서초역 교대역 강남역 순으로 밟아가고

공손숙의 길을 내선이라 하고
강철민의 길을 외선이라 하는 것

한강의 물귀신이 공손숙을 오른쪽으로 돌리고
남산의 서낭신이 강철민을 왼쪽으로 돌리기 때문이다

짐작되는 평촌역

초등학교 6학년일 것 같은 여자 안경이 지나간다

고1 여학생일 것 같은 핸드폰이 아기 같은 가방을 업고 고개를 숙이고 손가락질이다

꽃뱀일 것 같은 카키색 재킷이 만남의자 주위에서 맴돌며 핸드폰의 귀에다 입을 맞추며 독백하다가 같은 색 가방을 메고 이마트 쪽으로 사라진다

신입사원일 것 같은 푸른 점퍼가 등 뒤로 카메라를 얽어 메고 운동화를 끌면서 화장실로 쏟아진다

일터에서 이미 잘렸을 것 같은 스마트폰이 비닐봉지 속에 시든 꽃다발을 모시고 주머니 속에 쑤셔 박힌 것처럼 절뚝거린다

이어폰 줄에 체포된 셀룰러폰을 손바닥에 올려놓고 독경하듯이 청바지가 '타는 곳' 녹색 화살표 사이로 사라진다

비 오지 않는 날에 우산을 들고 작은 가방을 엇멘, 이혼 직전일 것 같은 털신이 아주 긴 손전화기와 말싸움을 끝내고 기둥에 감겨 안정된 팔각의자에서 엉덩이를 털며 일어난다

평촌역에는 게이트단말기가 한 곳에만 있어서 모든 승객은 이놈의 승낙 없이는 출입할 수가 없다

45

참된 참

손발도 몸도 마음도 없으면서
만물을 끌어안고 젖을 물리는
공기空氣,

재물도 여자도 가족도 던져 버리고
언제나 어디서나 영혼에 물 먹이는
성인聖人,

색도 냄새도 맛도 거절하고
모든 기원을 품고 희망을 끌어안는
정화수井華水,

필요한 것 필요하지 않은 것 모두 없애야
그 다음에 아무것도 없는

내 몸무게는

초파리가 술 한 방울 튀긴다 – 나는 온통 정신이 없다

오소리가 입으로 숨을 내쉰다 – 나는 직각으로 쓰러져 기어간다

호랑이가 남산에서 째려보고 있다 – 한강에서 나는 숨 막힌 채 풍선이 되어 날아다닌다, 정신없이 말야

여우가 발톱 청소를 한다 – 나는 파랗게 질려 바람병원에 입원한다

모기 한 마리 노래를 한다 – 나는 그 진동에 왼쪽 오른쪽으로 숨 가쁘게 굴러다닌다

서 있기도 누워 있기도, 앉아 있기는 더욱 힘든, 나의 몸무게

죽비소리

눈처럼 하얀 아카시아꽃
눈처럼 어느새 사라졌네

참새 실루엣

감나무 가지 사이로 점점이 매달려
썩은 열매로 흔들리다가
포르륵 날아가는 검은 점자點字

가난한 전깃줄에 질-서-평-화, 라고
나란히 현수막 글자가 되어 앉는다

버드나무로 옮긴 점자들은
위험하다, 를 바람에 싣는다
안경을 끌고 물위로 가서
차다, 를 순차적으로 타이핑하는

땅거미가 내리는 하늘에 올라
초점을 차버리고 밤으로 숨는 글자
없는 순간으로
눈과 머리를 데리고 실루엣은 떠난다

멀티 플레이어

구개음화로 이슬바지가 되는 이슬받이는
겉뿐이 아닌 속까지 편리하게 바꾸면서
눈 속에 모기가 사는 내 눈을 끌면서

베아트리체를 그리며 걸어가는 새벽이랄까
얼어붙은 가슴에 눈물이 맺히는 때가 되지
그때 이슬 맺힌 풀숲 좁은 길이 되지
그때 이슬에 젖지 않도록 도롱이가 되지
그때 맨 앞에 가는 사람으로
그러니까 눈물 떨어내는 이슬떨이로 나타나지

꾸준히 소리는 바꾸지만 명사라는 줏대
새로운 뜻을 지으며 망막에 그려내는
하늘에서 내리는 슬픔을 막아주는
마지막으로 차일이 되지, 멀티 플레이어

언제 속옷을 벗는가

겨울에 입었던 속옷을 언제쯤 벗는가
10대 이하는 논외로 하고
관찰 결과를 다음과 같이 보고한다

20대는 입지 않았기에 벗을 날도 없다
30대는 삼일절 태극기 걸 즈음에 벗고
40대는 식목일 나무 심을 즈음에 벗는다
50대는 어린이날 나들이 나갈 즈음에
60대는 현충일 묵념할 즈음에 겨우 벗는다
그리고 70대 이후는 거칠 것 없으므로
아무 때나 벗어도 좋으리

속옷은 그렇다 치고
겉옷은 언제 어떻게 벗는단 말인가
저렇게 실눈 뜨고 지켜보고 있는데,

속옷

내 진실한 속옷 구경 좀 하세요
한 번도 누구에게도 보인 적 없는

사람이 가득 찬 지하철 안에 서 있는데
얼굴 볼 수 없는 앞에 선 아가씨가
자꾸 뒷머리카락을 손으로 흔들어 턴다
'아, 미친년 비듬투성이'

남대문시장을 흔들흔들 걸어가면서
내 바람과는 다르게 무심 무정한
후배 교수의 모습을 떠올린다
'한 마디로 싸가지 없는 놈이지, 뭐'

인사동 술집에서 나와 끽연 중인데
커다란 트럭 하나 일방통행 길을
반대로 들어와 택시 운전자와 다투고 있다
'저거 돌아이 아냐, 이그!'

늦은 밤 이촌역 화장실에서 근심을 푸는데

옆 칸 남자가 소변보며 1초에 한 번씩
발을 들었다 놓았다 이상한 몸짓
'웃기네, 짜아식 미친 거야?'

내가 누구인지 잘 모르겠네
술에 취했지만 속옷은 흘러내리지 않는다

성업 중인 설과

아픈 이와 잇몸은 치과로
병든 이비인후는 이비인후과로
같은 입안동굴 가운데의 혀만 갈 곳을 몰라

중심으로서의 체면이 옆구리를 간질이며
독립적으로 차라리 설과를 차리라는 유혹
물리치지 못하고 성업 중인데

유물론을 살살 핥아 톱니설을 박고
코페르니쿠스의 천동설로 침을 발라 마취한다
깨어나지 못하면 복상사 동침설로 휘감는다

백설 피부에 설설 끓는 본능설로, 키스
희망이 절망에게 천당만원설로, 메롱
다시는 만나지 말자를 윤회설로, 꿈 깨

이 설 저 설 혀로 끌고 가서
혀가 혀를 만나 입원하고
여기서 모든 혀가 사랑하다 죽게 하라는 혀까지
모두 장례식에 참석하라는 천당설을 물고 사는

창과 방패

가장 더운 때는 입추立秋이고
가장 추운 때는 입춘立春이다

이빨의 눈

하나씩의 눈이 달린 이빨로 혀를 더듬으며
혀지도의 맛을 읽어 본다

먼저 혀끝의 단맛봉오리를 핥아 본다
침이 고이고 매끈매끈하지
양옆의 신맛지형을 눌러 본다
왔다갔다 바쁜 눈들이 사막을 걷지
깊숙한 곳 쓴맛 계곡을 쏘아 본다
도달할 수 없는 절벽을 긁는 거지

청양고추가 들어오자 입 안의 모든 곳에서
땀과 눈물이 엉긴 매운맛을 곱씹는 게야
이 아픔의 감칠맛이
하나씩은 안 된다는, 최소한
'두 개로 똑바로 보라'는 태초의 말씀을 찾아

내 잘못은 보기 싫고
남 잘못은 잘도 보지
여자는 되고 남자는 안 된다고 우기고 싶지

내 눈 네 눈 모여서 우리 눈이야
한 눈은 고물상에나 팔아먹자 이거야

4 부

축령산의 폭탄저기압 사랑

축령산의 폭탄저기압 사랑

폭탄 터지는가, 낯익은 낯선 소리

나무들의 비명과 계곡물 소리가 센바람 사이에서 다투고 있다

5월의 푸른 능선들을 구름의 검은 혀가 순식간에 핥고 간다 철없는 박새 한 마리 푸르게 솟아오르다 바람의 칼을 맞고 곤두박질. 구름 편대가 온 산에 가득한 불안을 정찰하며 빠르게 지나간다 바위들의 통증이 물줄기를 끌어내린다 애기똥풀이 온몸으로 산을 흔들며 노란 똥제 몸에 비벼대는데, 하늘을 찌르던 썩은 나뭇가지들이 투명한 도끼에 찍혀 길가에 쌓인다 길은 온통 푸른 피로 낭자하고 철쭉들은 지레 겁먹고 연분홍 각혈이다 잣나무가 바람의 속도에 대항하여 푸른 수류탄을 던졌지만,

모두 불발이다

큰키나무들은 예쁜 숲의 머리를 끌어안고 폭격을 경계하느라 푸른 눈들을 켜고 허공을 힘차게 휘젓고 있다 이끼 낀 바위만 나무 그늘 사이로 햇빛을 받아먹고 배부른 얼굴인데, 남이장군바위가 수리바위 거느리고 늠름하게 버티므로 가끔은 '악흥의 순간'을 연주해서 절망을 잠재우기도 하는,

수동계곡을 지나온 강풍을 절고개 능선 너머 '잣향기
푸른 숲'으로 보낸다

지난밤의 로맨스

한생을 마감하는 밤송이가
밤나무와 나누는 이별주 서늘하다

온산에 내리는 가랑비 안주는 뜨거워
눈물에 젖어 늘어진 몸의 무게
견딜 수 없는 슬픔으로 고꾸라지는

언제나 맴돌면서 살랑대던 단풍나무도
밤새도록 마신 술로 붉은 얼굴
엄마방의 기름진 가슴에 코를 박고

이별의 무거운 기쁨을 안고
세 명의 자식들과 흔쾌히 떨어져
밤송이는 새 사랑에 벌써 취하는데

부들 관찰일지

3월 25일, 가족공원 연못에 몸과 맘을 초록으로 풀다

6월 15일, 꽃이삭을 밀어 올리고 있다
아래는 녹색의 암꽃, 위에는 황색의 수꽃
6월 17일, 수꽃이 꽃가루를 암꽃에게 난분분하다
뿌리부터 몸 전체가 부들부들 떨다
6월 30일, 검은 흔적만 암꽃의 머리 위에 남다

7월 10일, 잉태한 몸은 그대로 단단한 열매가 되다
7월 11일, 꽃도 열매도 구별할 수 없다
엄마가 그대로 아들이 되므로

10월 8일, 잎과 줄기가 갈색으로 변해 있다
10월 20일, 핫도그 같은 열매 속에 하얀 이별이 숨어
있다
12월 10일, 섣달 추운 바람에 터뜨리는 열매포
목화솜 같은 갓털에 종자 하나씩 매달려 흩어지다

1월 12일, 추억은 갈색 지푸라기로 뜨겁게 얼어붙다

단풍 편지

　백지 종아리 수백 장을 드러낸 자작나무의 노란 직립
의 숲 아래 붉게 취한 얼굴로 계곡물에 띄우는
　새빨간 화살나무 잎이 하늘을 향하지만 단풍나무는 흙
계단 옆에 보초를 서지만 신갈나무의 크고 붉은 잎이 뿜
어내는 확인을 갈참나무도 서명하겠다고 푸르게 낡아가
지만 신나무의 각성이 길바닥에 나뒹구는 얼룩진 담장
위에 검붉은 함성으로 기어가는 담쟁이가 모과나무숲
누런 오솔길을 거닐고 싶지만 저런, 감나무 붉은 잎이
너무 크게 웃는데,
　생각 깊은 생강나무 갈증의 잎들이 졸참나무 굴참나무
상수리나무의 꿈 고깔 위에 진달래 벗나무 산딸나무 붉
디붉은 소식을 그려 저승으로 보내는데,

붙어요, 끌어안아요

기름진 흙이 산의 속내를 감추고 있다

매끄러운 배롱나무 껍질이 물관과 체관을 감싸고,
찬바람! 저리 가
떡갈나무 잎의 푸른 엉덩이가 칭얼대는 잎맥을,
자장자장 자아장자장
땅 속에 묻힌 바위의 틈이 꽃과 나비를,
이리 와, 들어와요!
썩은 나뭇가지의 헤진 허벅지도 썩덩벌레에게,
아가야, 젖 물어라
찌르르 매미소리가 바람소리 천둥소리 모두 불러,
쉬! 조용히

뼈다귀와 핏줄들이
살을 붙잡고 놓지 못한다

팔이 썩어 툭, 부러지는 어느 날
하늘은 새와 나비를 안심토록 안고 있겠다

비둘기낭 폭포*

풀죽은 느낌표가 하릴없이 몸을 던지는가

앞서 간 아들 부르는 눈물로
소리 없이 쓰러지던 남편의 놀란피로
치욕의 겨울 견디던 가래침으로
적을 노려 쏘아대던 붉은 피로

모든 것 버리고 뛰어드는 도치된 물음표들의 함성

너도 가는데 왜 내가 못 가겠느냐며
당신의 손을 어찌 못 잡겠느냐며
이 한 몸 차라리 못 던지겠느냐며
돌멩이로든 모래로든 함께 싸우지 못하겠느냐며

먼저 떨어진 한탄들이
어둠 속에서 파란 그물을 짰나 보다
모든 것 받아 안고 긴 문장으로 흘러간다

* 경기도 포천시 영북면 대회산리에 있는 폭포.

복 받은 겨

지혜의 몸이고
사랑의 알이지

스스로 왔든
끌려서 왔든

나무와 풀들이 뿌리와 잎으로 촘촘하게
큰 그물을 짜서 산이 안심토록 붙들고 있네

이름값

연둣빛 잎과 손잡고
연둣빛 가지 위에
연둣빛 꽃을 늘어뜨린

너는 참 어린 참나무

가을 산

제 피를 녹여 땅을 덮은 나무

여름이 차 버린 고물을
겨울이 끌어당기고 있다

함박눈이 내려와 덮을 것이네

진달래 핀 산

산은 지금 겨울 전투 승리에 취해
기쁨의 무더기 햇불 흔들고 있다

곧, 녹색 바다에 빠질

바람의 관습

산의 등성이를
나무와 풀들을
바위와 새들을
바람이 빠르게 밀어준다
툭툭 떨어지는 낡은
나뭇가지 같은 것들의 적멸

꽃들의 불타는 연애와
새들의 날아간 사랑을
바람이 끓이는 소리
가슴 시원시원한 북소리 같은

바람이 조는 틈을 타서
버찌가 익어가고
산까치의 알이 숨을 고르는
생명으로 뒤집는 바람의 도섭

여기를 떠나 지금을 떠나
하나로 끝없이 아우르는 쑤ㅏ 쑤ㅏ

딱따구리 경전

굵은 소금 같은 딱따구리의 끌밥
눈 위에 눈보다 선명하게
검은 나뭇잎 위에도 새하얗게 뿌려 놓은
땀방울같이 핏방울같이 고사목 아래 흩어진

얼마나 소중하면 거기에 하느님은 숨겨뒀을까
죽은 참나무 뱃속에 꾸물거리는 아기벌레
너의 입이 오랜 시간 터뜨린 탄착점 속
죽이기 위해 살아가는 너의 목탁소리를
아침마다 집으로 길게 끌고 오면서
엄청난 경전이나 새기는 줄 알았지

무서운 호랑이도 참새 한 마리 어쩌지 못하는 법
차원이 다르다는 거야, 를 헐값으로 가져와
없는 책상 위에 펼쳐놓고 흐린 눈으로 읽는다
기다리는 건 일찍 오지 않는다고 했던가

내 눈 속에 들어 있는 모기 같은 것
새털구름 같은 것

담배씨 같은 것
나는 어쩌지 못한다, 라고 뇌의 헛간에 심는 겨울

5부

마이너스 당나귀

마이너스 당나귀

일생을 허비한 한스러운 매미소리가, 운다
슬프게, 맑고 고운 풀벌레 소리가, 숨는다
몰래, 솔바람 계곡의 솔바람소리가, 부서진다
산산히, 덧없는 구름 그림자의 하품이, 꾸짖는다
단호하게

123층 빌딩 유리벽에 부딪힌 낡은 눈보라의 숨결이,
녹는다
단번에, 돈 세는 기계가 돈을 세는 소리가, 모인다
음흉하게, 날아가는 자동차의 비겁한 웃음소리가, 다
소곳하다
쥐 죽은 듯이, 대륙간탄도미사일이 내뿜는 불꽃소리
가, 방황한다
어이없이

구중궁궐에 무료로 혼자 투숙한
마이너스 당나귀 임금님의 고요한 숨결이, 무척 고요
하다
당당하게, 플러스 귀를 찾기 위하여 뭇사람들이

컴퓨터를 켜고 모두 계좌이체 중인 소리가, 뒤집힌다
은밀하게

귀향 인사

손발 접고 온몸으로 영혼까지 끌어안고, 눈송이들이
짧은 여생을 찬바람에 흩날리는 지금은 겨울
어떤 송이는 고층빌딩 꼭대기에 떨어져 당황한다
다른 송이는 개들의 소리를 타고 고샅에 내리고
이 송이는 엄마 찾으며 하룹송아지 콧등에 앉는다
저 송이는 저녁 무렵 우악스런 까마귀 소리에 밟히고
이름 없는 송이는 고양이가 눈 속에 담아 안방으로 들
고간다
눈송이는 송이마다 춤추는 듯 내리다가 느닷없이 멈
춘다
송이들은 모두 한곳을 향하지만
당도하는 곳은 참으로 다르구나
뿌리 찾아 먼 조상의 땅으로 가뭇없이 떨어지는 귀향
만나는 인사가 속절없이 다르다
늙은 남자 송이는 첫사랑 송이의 고사리손 그리워하겠
지만,

바람의 언덕

강릉이 내려다보이니까 동해안일 수도 있죠
해발 1,000미터도 넘는데 바닷가일 수는 없죠!

평창의 동쪽에서 뜨는 해님
강릉의 서쪽으로 지는 달님
대관령 바람은 동풍인가요 서풍인가요
손잡아 이끌던 썰매로 맞을까요
칼바람 이기던 스키로 달릴까요

한 바람으로 발전기 돌려 눈부신 빛 압축하는
하얀 시인들 바람개비로 읊조리는 언덕
바람 때문이 아닙니다
그리운 입맞춤이 번번이 빗나가는 것은

하늘목장에 걸린 구름
동해바다에 빠진 구름
영원을 함께하며 둘인가 하나인가

양구의 알

　국토의 정중앙 수입천의 물로 땅을 더듬어 가마를 잡
고 금강산 바람을 한 사발 담으면 알은 알을 낳고 또 알
이 알을 낳으면서 겨레의 흰 흙 속에 꿈을 묻으며 알은
굴러가다 새 세상을 열기 위해 1391년 4월 '이성계 발원
불사리장엄구'를 만나 함께 발원한다 방산 사기장砂器匠
심룡沈龍의 가슴 속으로 적멸한다 양구 방산면의 장평리
칠전리 현리 송현리 오미리 금악리 등지에서 알은 높은
불을 만나 환생한다
　새날을 위하여 역마에 올라타고 혹은 힘없는 백성들의
등과 어깨에 매달려 높은 곳을 향하여 나아간다 광주 분
원에 들러 도공들과 손을 잡고 달 달 무슨 달도 담아보
고 권력의 심처로 날아가 제조상궁 눈초리에 앉아보고
수라간에 좌정하고 낮잠도 청해본다 궁궐 잔치 돌아보
고 임금님 용안을 헤헤헤 귀엽게 쳐다보고 이 무슨 인연
인가 아무리 헤아려도 알은 알 수 없는 하얀 눈을 감고
또 감는다
　금강산에서 발원한 물줄기가 두타연을 거쳐 내려오다
가 잠시 쉬어가는 직연폭포에서 몸을 씻고 있는 알은
"양구는 조선백자의 시원지이고, 양구백토는 조선백자

의 중심"이라는 양구백자박물관 일꾼들의 코발트색 심
장을 통과하며 핵분열을 일으킨다 수천수만의 알이 전
국으로 하얗게 배송된다 온 백성들 가슴마다 알알이 익
어간다

공의 날개

계속해서 걷어 올리는 흰 치마
산은 푸른 각선미를 내어 놓는다
가는 꽃바람인가
잠도 없는 꿈속에 빠지네*
정말 하얀 공 하나를 보네

공을 굴리려고 손을 뻗는다
꼼짝하지 않는다
화가 나서 걷어찬다
공을 육면체로 만들고 싶지만
공은 둥글다 둥근 공은 둥글게 있을 뿐
공을 집어 계곡물에 처박는다
공은 가볍다 가벼운 공은 물 위로 뜬다
군침 도는 빨간 석류알을 건넨다
공은 입도 벌리지 않는다

할, 내가 공을 버리고 떠나기로 한다
되돌아보니 공은 벌써
구름 속 청산으로 날아갔다

* 만해선사는 소설 「薄命」에서 이와 비슷한 표현을 했다.

얼음꽃

뼈가 부서지도록 괭이질을 한다
뼈가 녹아내리는 줄도 모르고 언 땅을 헤집어
뼈가 빠질 때까지 백토맥을 당긴다
모든 뼈가 묻히도록 좁은 굴이 무너진다
육백 년 깜깜한 세상 파고 또 묻는다

방산면 금악리 뼈 없는 백성들
점토공납에 시달리며 죽고 또 죽던 때
통뼈를 으스대는 도감사 일행
구덩이 속 시찰하러 들어간 후
아 그랬구나, 입구를 무너트려 매장시킨

시퍼렇게 멍든 감사구덩이의 전설이
슬픔의 눈물 모아 연못을 이룬 채
한 사람만 위하던 분노에 하얗게 얼어 있다

조선백자 물줄기의 채굴이 시작된 곳
끊임없이 피어나는 양구 땅의 얼음꽃
뼛속 붉은 피 청화백자 저 속에서 화사하다

주인공과 Smombie 휴게실

왼손으로 카페라떼컵을 쥐고 있는 안경의 오른손바닥
위에서 카톡, 카톡의 대화창을 스마트폰은 교묘하게 더
듬으며 계속 밀어올린다

오른손으로 이어폰마이크를 감싸 입에 대고 빠르게 소
곤대는 금반지 남자의 왼손바닥 위에서 손전화기는 무
슨 게임의 폭탄을 계속 터뜨린다

무릎에 핸드백을 올려놓은 킬힐 미시는 이어폰을 꽂은
채 남자와 할머니 사이에서 고개를 늘어놓고 깊은 잠에
빠졌다, 아 꿈에서도 좀비가 되는,

할머니는 안 들리는 며느리 소리를 잡아채서 귓구멍을
굳게 막고 높은 소리를 다중으로 발사한다

할머니 소리의 침공에도 끄떡없이 중년 남자의 핸드폰
은 영화의 격한 장면을 엿가락처럼 늘려 나간다

자루가방 주둥이로 얼굴만 내놓은 강아지를 어깨에 둘
러메고 흐뭇한 웃음으로 도어에 기대선, 청바지의 손에
들린 안드로이드폰이 셀카 사진을 정신없이 휘젓고 있다

전염성 높은 지하철 안에서 눈병을 앓던 할아버지의
효도폰도 하릴없이 검버섯 손에 붙들려 얼굴을 내밀어
보는데,

포켓몬고를 내장한 주인공들이 휴식과 연습을 끝내고 역마다 떼를 지어 내린다, 좀비의 손에 올라 거리로 출전한다! 출전용사들이 비운 휴게실 자리에 새로 들어온 것들이 엉덩이를 붙이느라 속도전을 벌인다

쌍거울 마법

쌍둥이 자매의 쌍방울인가

아파트 출구 큰길가 전봇대에
볼록거울 한 쌍 날지 않는 나비
좌우를 함축해서 날개로 보여 주네

왼쪽에서 나타난 프라이드는 오른쪽으로
사라질 것이고
오른쪽에서 나타난 그랜저는 왼쪽으로
사라질 것이다

좌우 동시에 자동차가 나타나도
부딪힐 위험은 없다
오른쪽에서 나타난 그랜저는
오른쪽 차선을 타고
왼쪽에서 나타난 프라이드도
오른쪽 차선을 타고 교행하기 때문이다

쌍둥이 자매의 가슴에서 뛰고 있는
쌍방울 소리도 같은 높이를 난다

행복한 시간

아까 대합실에서 고래고래 소리 지르며
쌍욕으로 모든 눈을 점령하던 미친놈
서울행 고속버스에 올라 하필이면 내 옆자리!
승객들의 모든 귀에게 입의 봉쇄를 엄명하고
크고 거친 소리로 혼자의 발포를 이어간다

쌍놈들, 나라 망치는 대통령, 국회의원 다 뒈져라!
난 서울대학교가 좋은 학곤 줄 알았어, 씹할!
야, 종필아! 고향 와서 성묘하고 간다, 개새끼!
지난주에 나 k대 여학생 년하고 했어, 새끼야!
70만원 달라고 하더라 그래서 70만원 주고 했지
그런데 거기에 털이 하나도 없는 년이야, 재수 없게
음, 서울 가면 냉장고에 있는 고등어 먹어야지
근데 너 그거 아니? 강철훈이 좆이 너무 커서 이혼했대
마누라 김미정 그게 너무 작아 아파서 ㅋㅋㅋ
아이씨, 희경아, 기다려라 가면 바로 섹스해야지
형수님, 집에 가면 라면 맛있는 라면 먹어야지, 응

깜깜한 시간, 미친 세상으로 가는 버스는
아무 일도 없는 듯 그놈만의 자유를 싣고 달린다

등산로 입구 풀 뽑기

질경이 뽑고 애기똥풀 뽑고
털별꽃아재비가 가장 많이 나왔다, 뽑고
비 내린 다음 날 많이 올라왔다, 뽑는다
뽑힌 풀은 길 위에서 시들어간다
쑥도 뽑는다 닭의장풀도 뽑는다
일주일 후에 뽑고 어떤 때엔 사흘 후에도 뽑고
햇볕이 쨍쨍한 날에도 큰다, 뽑고
구름이 충충한 날에도 솟는다, 뽑고
뱀이 나타날 것이므로 뽑아야 한다
아주 더운 날 그놈이 나온 적이 있다
땀을 흘리며 살을 찢기며 풀물을 짜며
뽑아야 한다, 뽑고 또 뽑아야 한다
나뿐이 아니다, 모두의 산행을 위하여 뽑는다
눈 내리는 날이 지나고 내년에도

몰운대 뻐꾸기

정선 땅이 펼치는 진한 여름 무대
쉬어 가는 구름, 구름 속에
오래전에 빠진 신선이 놀고 있네

계곡마다 가득한 흰 구름
그 구름 속 나그네도 빠지다
보일까 말까 숨고 숨기는 춤사위

바위가 기른 천년송千年松이
모가지도 손목도 버린 채
천길 벼랑 끝에 서서
긴 세월 굳어진 몸으로 살풀이하는

강물은 춤꾼들을 빙 돌고 휘감아
솜 같은 정적 속에 섬을 띄우는데
보이는가 들리는가 몰운대 합주

뻐꾸기 운다 뻐꾹
하나로 흔들면서 뻐꾹 뻐꾸기

* 이 작품은 시집 『풍경화 다섯』(청학, 1998)의 「몰운대—길·3」을 개작한 것임.

나를 덖다

때가 덕지덕지 묻어서 찌든
돼지감자를 물에 대충 씻어서 썬 다음
물 없이 그대로 볶아서
타지 않을 정도로 익히기로 한다

수십 년 동안 맘 놓고 배불뚝이가 된 비계를 망설이지
않고 볶아서 욕심만 남기면, 맛있는 허영과 즐거운 게으
름도 타지 않고 노릇노릇 익는다는 걸 구운 감자보다 구
수하다는 걸 희망하면서 너무 뜨거운 프라이팬의 온도를
견디는 걸 어슷썰기로 타원형이 된 돼지+감자 조각을 물
빼고 기름 날리고 근육을 조려서 극한 감량조절에 성공
하는 걸, 그래 삶이란 계속 또는 한꺼번에 더하기였어.

날씬해서 섹시하지 비스킷처럼 바삭바삭하지 구수한
냄새를 풍기지 욕심과 허영과 게으름은 그대로 있지, 흐
응. 마이너스 감자는 돼지, 마이너스 돼지는 감자, 그러
니까 돼지=감자야. 자, 물기 없이 달달 볶아서 타지 않
을 정도로 중용의 도를 이뤄야지. 덖는 것은 불을 지펴
서서히 계속 빼고 또 빼는 거지.

더함으로써 빼는 거지. 넥타이를 푼다 모자도 양말도 팬티도 벗는다 화장실에 간다 지금까지 먹고 마셔서 쌓이고 쌓인 모든 것을 지운다 깨끗해진 알몸으로 거울 앞에 서서 머리에 고이고 가슴에 새긴 것들 모조리 열처리 해도 남을 것은 그대로 다 남는 더하기 빼기의 실없는 진실의 돼지&감자

해 설

사물과 내면의 활달하고도 내밀한 접점의 역동성
— 서범석의 시세계

유 성 호(문학평론가 · 한양대학교 국문과 교수)

1.

서범석徐範錫 시인의 신작시집 『짐작되는 평촌역』(황금알, 2018)은, 충일하고 치열한 시인 자신의 내면이 사물과 타자를 향해 건네는 인상적인 격정적 언어의 기록이다. 그의 시는 사물의 표면이나 타자의 외관을 관찰하고 개괄하는 서경적 필치나, 스스로의 고백적 표현을 위주로 하는 서정적 경향이나, 사회 현실의 재현적 반영을 지향하는 현실주의적 흐름으로부터 일정하게 비껴나 있다. 그렇다고 그가 심미적 완성도에 깊은 공력을 들이는 근본적 미학주의자인 것도 물론 아니다. 다만 그의 시편들은 이러한 여러 가지 지향들이 놓치고 있는 어떤 지점에서 발원하는 세계로서, 삶을 규율하고 유지해가는 근

본 조건들 예컨대 인간의 의지나 노력으로는 어쩔 수 없
는 애착이나 그리움 같은 것을 노래한다. 곧 서범석 시
인은 자신의 삶에서 초래되는 운명이나 그로 인한 슬픔
같은 근원적 정서를 시 안쪽으로 적극 불러들이면서, 그
정서를 표현하고 한 편의 시로 구성하는 방법과 과정에
서 언어의 직능을 믿는 편이다. 사물과 언어가 끊임없이
서로를 매만지면서도 필연적으로 결속해가는 과정을 그
는 양도할 수 없는 열정으로 보여주는 것이다. 이번 시
집은 이러한 언어와 열정으로 갈무리된 산뜻하고도 아
름다운 미학적 화폭으로서, 우리는 이번에 매우 개성적
인 시집 하나를 시단에 얹을 수 있으리라 기대한다. 이
제 그 안으로 한 걸음 들어가 보도록 하자.

2.

  서범석 시인이 바라보는 사물들은 외따로 떨어져 있는
개별적 원자들이 아니라, 서로 긴밀하고도 촘촘한 내적
관련성을 견지하는 유기적 존재자들로 나타난다. 그런
데 시인이 상상적으로 구성하는 사물들 간의 관계는 그
자체의 합리적 인과율이 아닌, 철저하게 시인의 구체적
인 경험적 시선에 의해 채택되고 구성되고 있다. 그 과
정을 시인은 '겨울'이라는 계절을 배경으로 삼아 노래하
고 있는데, 먼저 다음 작품을 한번 읽어보도록 하자.

겨울을 들고 밤바다로부터 나온다
어머니는 겨울을 가지고 노는 걸 싫어해서 몰래 즐기지
겨울은 공부 잘하는 정희를 미워하는 점이 좋아
저녁상 머리에 앉아 칼국수를 노려보고
머리에 파인 구멍 속에서도 겨울은 즐겁다
겨울은 늘 함께하고 있기에 그리움 같은 건 없다
둥지둥지 따따따 아기새가 날아갈 때
겨울은 미친 듯이 기뻐하며 내 가슴에 파고든다
어머니의 눈 쌓인 수건에도 망치를 들려준다
잠시 취했던 따사로운 순이도 얼음판에 던진다
겨울은 온통 행복한 춤으로 모든 걸 흔들다가
끝까지 가지 않겠다고 보채고 있다

—「겨울」전문

'겨울'이라는 계절 혹은 현상을 두고 재미난 상상의 역
동성을 보여주는 시편이다. 시인은 밤바다의 '겨울'을 두
고 오랜 기억 속에 있는 즐거움과 고통의 순간들을 하나
하나 떠올린다. 그런데 그 강렬한 즐거움과 고통 사이를
통과해간 '겨울'에는 그리움 같은 것이 남아 있지 않다.
그만큼 '겨울'은 언제나 시인의 기억과 "함께하고" 있었
기 때문이다. 그런가 하면 시인은 '겨울'에는 아기새가
날아갈 때 미친 듯이 기뻐하기도 하고, 눈과 얼음 사이
로 어머니의 수건과 순이의 사랑이 얼비치기도 한다고
노래하고 있다. 그렇게 가슴을 파고드는 "겨울은 온통

행복한 춤으로 모든 걸" 흔들고 있는 것이다. 그러니 그리움이 없을 수는 없는 법, 시인은 '겨울'의 기억이 불연속적으로 명멸하는 순간을 통해 삶에 대한 끝없는 애착이나 그리움 같은 것을 마침내 보여주는 것이다. 물론이 모든 것은 시인 자신의 경험적 시선에 의해 채택되고 구성되는 원리들을 밟아간다. 결국 시인은 지나간 시간에 대한 순간적 재현을 통해 "남을 것은 그대로 다 남는" (『나를 덖다』) 그리움의 원리를 선연하게 보여주면서, "아름답게 견디는 모진 겨울"(『아름다웠던 추억을 들고』)의 구체적 풍경들을 넉넉하게 회감回感해가는 것이다. 다음 작품은 어떠한가.

　　굵은 소금 같은 딱따구리의 끌밥
　　눈 위에 눈보다 선명하게
　　검은 나뭇잎 위에도 새하얗게 뿌려 놓은
　　땀방울같이 핏방울같이 고사목 아래 흩어진

　　얼마나 소중하면 거기에 하느님은 숨겨뒀을까
　　죽은 참나무 뱃속에 꾸물거리는 아기벌레
　　너의 입이 오랜 시간 터뜨린 탄착점 속
　　죽이기 위해 살아가는 너의 목탁소리를
　　아침마다 집으로 길게 끌고 오면서
　　엄청난 경전이나 새기는 줄 알았지

　　무서운 호랑이도 참새 한 마리 어쩌지 못하는 법

차원이 다르다는 거야, 를 헐값으로 가져와
없는 책상 위에 펼쳐놓고 흐린 눈으로 읽는다
기다리는 건 일찍 오지 않는다고 했던가

내 눈 속에 들어 있는 모기 같은 것
새털구름 같은 것
담배씨 같은 것
나는 어쩌지 못한다, 라고 뇌의 헛간에 심는 겨울
　　　　　　　　　　　　　—「딱따구리 경전」 전문

　역시 '겨울'을 계절적 배경으로 삼고 있는 이 시편은,
딱따구리가 나무를 쪼며 나오는 굵은 소금 같은 끌밥이
눈 위에, 검은 나뭇잎 위에, 고사목 아래에 흩어져 하얀
흔적을 남기는 풍경을 부조浮彫한다. 마치 눈처럼 새하얗
게 혹은 땀방울같이 핏방울같이 뿌려진 그 나무 부스러
기들은, 그 자체로 딱따구리의 삶과 노동을 모두 담은
'경전'이 되기에 족하다. 왜냐하면 거기에는 하느님이 숨
겨둔 소중한 것이 있고, 오랜 시간 나무 쪼는 소리를 아
침마다 들어온 시인 자신의 경험적 유추가 그 안에서 펼
쳐지기도 할 것이기 때문이다. 그 소리는 "엄청난 경전"
을 새기는 듯이 다가와 시인으로 하여금 "책상 위에 펼
쳐놓고 흐린 눈으로" 읽게끔 해준다. 그때 시인은 비로
소 기다리는 건 일찍 오지 않으며, '모기/ 새털구름/ 담
배씨'처럼 작고 가녀리고 순간적인 것들을 통해 "뇌의 헛

간에 심는 겨울"이 지나갔음을 고백할 뿐이다. 다른 작품에서 시인은 "살다보면 흐려지고 없어지는 것"(「4월의 눈」)을 노래했는데, '딱따구리 경전'을 통해 새록새록 다가오는 흐릿한 순간들을 역설적으로 맞이하는 것이다.

이처럼 서범석 시인은 사물과 동화되어 한 몸이 되어버리거나 거기에 몰입하는 대신, 그것들과 한결같이 일정한 미적 거리를 유지하면서 가파른 기억과 만나고 있다. 다시 말해 시인은 사물에 빗대어 자신의 경험을 노출하고자 하는 은유적 욕망을 경계하면서, 그 대신 사물의 본래적 속성을 충실하게 재현하고 그것에 자신의 경험과 기억을 결속해간다. 그리고 한 걸음 더 나아가 그러한 경험과 기억을 '시적인 것'으로 변형하는 데 일관된 적공積功을 들이고 있다. 그러한 과정으로 완성된 문맥으로부터 시인은 자신이 살아왔고 또 살아가야 할 삶의 지표를 유추하고 성찰하는 방법론을 취하고 있는 것이다.

3.

그런가 하면 서범석 시인의 이번 시집은 매우 자연스러운 내적 호흡을 만들어내고 있다는 장점을 가지고 있다. 이는 시인이 매우 깊은 노력을 기울이고 있는 부분이 아닐 수 없는데, 말하자면 독자들이 읽어가기에 알맞도록 시를 완성하려는 시인의 욕망이 곳곳에 충일하다는 뜻이다. 그리고 그것은 사물들 사이를 규율하는 우주의 호흡을 시인이 잡아채려는 의지의 발현이기도 하다. 하지만 그의 시에 나타나는 일관된 삶의 온기와 그것을 떠받치고 있는 우의적 작법이 좁은 의미의 계몽성에 간히고 있는 것은 물론 아니다. 다만 사물을 바라보는 관점이 세련성과 새로움을 함께 견지하고 있어서 세상을 자신의 경험과 언어로 장악하는 힘이 강할 뿐인 것이다. 다음 작품을 한번 읽어보자.

> 본래 바람소리는 없다
> 나뭇잎이 부딪히는 소리이거나
>
> 원래 빗소리는 없다
> 창문이 막아서는 소리이겠지
>
> 소리 없는 것을 두고
> 사람들은 바람소리 빗소리
>
> 나도 소리 없는 사람인데
> 개들이 막아서고 부딪힌다
>
> —「소리의 본성」 전문

'소리'는 원래 어디서 와서 어디로 사라져가는지 알 수 없는 것이다. 그래서 시인은 본래 바람소리는 없고 다만 그것이 나뭇잎 부딪치는 소리일 뿐이라고 노래한다. 그

러니 빗소리도 없을 것이고, 그것은 창문이 막아서는 소
리일 뿐일 것이다. 그것은 모두 "소리 없는 것"이고 다만
사람들이 그저 현상적으로 "사람들은 바람소리 빗소리"
라고 하는 것일 뿐이니, 시인은 자신도 "소리 없는 사람"
이라 말한다. 시인은 이 시편의 제목을 '소리의 본성'이
라고 붙였거니와, 그야말로 '소리의 본성'이 원래부터 없
었고 마침내 처음도 끝도 없는 것임을 노래하는 것이다.
불교적 사유가 깊이 착색되어 있는 이 시편은, 그 점에
서 "밝음과 어둠의 영원한 숨바꼭질 속에서"(『미소』) 생겨
났다가 사라져가는 존재자들의 본성을 선명한 심상으로
보여준다. 이러한 모든 존재자들의 불가피한 본성은, 그
자체로 인간이 수행해가는 사유나 감각에도 그대로 전
이되어간다.

해와 달이 없으면 빛나지 않는다
황금빛으로 반짝이는 너의 윙크
강과 바다가 아니면 놀지 않는다
쪽빛 물결 위를 수놓는 비단 발자국

하늘과 물과 사람이 한마음으로 만나
물놀이할 때면 해맑은 웃음으로 출렁이는
모래놀이할 때마다 기어이 사랑을 비추는

아침해와 보름달과 서로 바꾸어 심던 눈부처
엄마 아빠, 할머니 할아버지 눈에도 심어주면

101

젖은 치마도 까칠한 수염도 연꽃으로 피어나지
지나가는 이웃들까지 물결 위에 태워주는

찬란한 빛과 춤과 행복이 영원하다
우주가 끝없듯이 세월이 무궁하듯, 윤슬
　　　　　　　　　　　　　　　　　—「윤슬」 전문

　'윤슬'이란 달빛이나 햇빛에 비치어 반짝이는 잔물결
을 말한다. 시인은 해와 달과 강과 바다가 없으면 황금
빛으로 반짝이지 않을 '윤슬'을 두고 "쪽빛 물결 위를 수
놓는 비단 발자국"으로 비유한다. 그렇게 "하늘과 물과
사람이 한 마음으로 만나" 이루어내는 '윤슬'이야말로 해
맑은 웃음과 사랑으로 출렁이며 비추는 흔적과도 같은
것일 터이다. 아침 해와 보름달이 서로의 눈부처를 심어
주면서 "지나가는 이웃들까지 물결 위에 태워주는" 순간
이 '윤슬' 안에 번져 있기 때문이다. 그렇게 '윤슬'은 영원
하고 찬란한 "빛과 춤과 행복"을 만들어내고, 나아가 끝
없고 무궁한 시공간으로 이어져가고 있는 것이다. 시인
은 이처럼 "모든 것 받아 안고 긴 문장으로 흘러"(「비둘기
낭 폭포」)가는 '윤슬'의 순간적 명멸의 과정을 통해 "혼자
서는 아무것도 아니"(「네가 있어야」)라고 할 수밖에 없는
사물들의 존재 형식을 노래하고 있다 할 것이다.
　이렇듯 시인은 '소리의 본성'을 통해, 그리고 물결 위
에 반짝이는 '윤슬'을 통해, 시인이라면 마땅히 추구해야

할 주변성의 가치가 어떤 것인지를 노래한다. 그리고 그 가치가 투명하고 절절한 언어적 의장意匠에 감싸여 있을 때 얼마나 아름다울 수 있는가를 한껏 보여준다. 말하자면 서범석 시인이 취해가는 대상과 작법과 어조는 한결같이 명료한 사실적 전언傳言으로부터 일정한 거리를 가지고 있고, 그만큼 사물과 내면의 주변을 성찰하고 사유하는 낮은 목소리를 훨씬 분명하고 단단하게 담고 있다 할 것이다. 예컨대 이는, 우리가 아무런 소리가 들리지 않는 소롯길을 걸을 때 사람 말소리가 훨씬 크고 선명하게 들리는 이치와 같을 것이다. 우리가 서범석 시인의 작품을 대할 때 느껴지는 이러한 '윤슬'과도 같은 '소리의 본성'은, 그가 낮은 목소리로 말하고 있기 때문이기도 하지만, 그가 택해가는 사물들이 세상 소음에서 비켜선 채 침묵을 배후에 거느리고 있기 때문이기도 하다. 융융하고 가없고 아름답다.

4.

다음으로 우리가 관찰할 수 있는 또 다른 이번 시집의 음역音域은 '사랑'의 몫에 있다. 시인은 '사랑'의 마음을 통해 자신이 앞으로 세월을 거듭하면서 더욱 심화해갈 시적 원형들을 보여준다. 물론 그것은 아름다웠던 지난 시간에 대한 낭만적 추억이나 미래에 대한 밝은 희망을 위해서가 아니라, 무심한 시간의 흐름과 그 안에서 차츰 소멸해갈 수밖에 없는 운명에 대한 쓸쓸한 예감을 노래하기 위해 등장한 것이다. 시인은 그만큼 사물들의 존재 방식을 고쳐보거나 그것을 새로운 가치로 이끌려는 모험을 감행하지 않는다. 다만 사물들이 뿜어내는 감각적인 매혹보다는 그 이면에 잠복하여 존재하는 삶의 다른 형식을 바라보려는 간단치 않은 욕망을 견결하게 가지고 있을 뿐이다. 그 욕망을 그는 '사랑'의 형식으로 단단하게 담아낸다.

우주만큼 큰 몸살로
태양만큼 뜨거워진 가슴 그리고
쉼 없이 세월을 뒤채며 앓는 꿈
오직 너를 생각할 뿐
이 한 몸 버리기로 했어, 끝까지
고열로 쏟아내는 땀이 하늘에 닿고
그만큼 내 몸 녹아서 허공에 흩어지기 전까지
갈매기 소리도 상어의 노래도
함께 담아 모두 날렸어
달빛도 별빛도 몸으로 받아
버리고 비우고 염전에 남은
하얀 사리
네 생각이 썩지 않도록 지키겠어
지키다가 날아가 네 몸에 들겠어
짠맛으로 너의 붉은 피가 될래

나는 나니까 나 하나쯤 없어도 돼
자라서 우리가 되는 어여쁜 너뿐

—「너를 생각할 뿐」 전문

시인의 마음 속에는 아직도 이렇게 "얼어붙은 가슴에 눈물이 맺히는"(「멀티 플레이어」) 사랑의 순간이 있다. "우주만큼 큰 몸살로/ 태양만큼 뜨거워진 가슴"이 있다. 그러니 자연스럽게 시인으로서는 "쉼 없이 세월을 뒤채며 앓는 꿈"을 통해 "오직 너를 생각할 뿐"이 아니겠는가. '몸'을 버려 그 '몸'이 녹아 허공에 흩어질 때까지, "고열로 쏟아내는 땀이 하늘에" 닿을 때까지, 시인은 "갈매기 소리도 상어의 노래도" 모두 날려버리기로 마음먹는다. "달빛도 별빛도 몸으로 받아/ 버리고 비우고 염전에 남은/ 하얀 사리"처럼 '너'를 향한 생각이 썩지 않도록 '너'를 지키고 "네 몸"에 들어 "너의 붉은 피"가 되겠다는 열망을 노래한다. 이는 서정적 충일함을 넘어 대상을 향한 자기 소멸의 의지까지 나아간 것이다. 이때 '나'는 없어도 되고 "자라서 우리가 되는 어여쁜 너"만 있으면 된다는 타자를 향한 궁극적 결속 의지야말로 서범석 시인이 노래하는 "너를 생각할 뿐"인 시간을 선명하게 알려준다. 비록 "견딜 수 없는 슬픔으로 고꾸라지는"(「지난밤의 로맨스」) 순간이 이어져간다 할지라도, 우리는 시인이 "짧지 않았던 인연을 소중히 생각하며"(「스무 살 슬리퍼의 퇴임사」) 사랑의 시학을 펼쳐갈 것을 예감하게 된다. 물론 그 '사랑'은 대상과의 동류감보다는 어떤 운명의 개입으로 유보되는 순간이 더 강렬함으로 남아 있는 어떤 것일 터이다. 여기서 우리는 왜 '사랑'의 결여형이 완성형보다 더 깊은 감동을 주는가를 실물적으로 느껴볼 수 있다. 대상의 부재 상황에 처한 시인이 가파른 생을 견뎌가는 상상적 존재 증명에 '사랑'보다 더 분명하고 강렬한 것은 없다는 것을 보여주기 때문이다.

> 손발 접고 온몸으로 영혼까지 끌어안고, 눈송이들이
> 짧은 여생을 찬바람에 흩날리는 지금은 겨울
> 어떤 송이는 고층빌딩 꼭대기에 떨어져 당황한다
> 다른 송이는 개들의 소리를 타고 고샅에 내리고
> 이 송이는 엄마 찾으며 하릅송아지 콧등에 앉는다
> 저 송이는 저녁 무렵 우악스런 까마귀 소리에 밟히고
> 이름 없는 송이는 고양이가 눈 속에 담아 안방으로 들고 간다
> 눈송이는 송이마다 춤추는 듯 내리다가 느닷없이 멈춘다
> 송이들은 모두 한곳을 향하지만
> 당도하는 곳은 참으로 다르구나
> 뿌리 찾아 먼 조상의 땅으로 가뭇없이 떨어지는 귀향
> 만나는 인사가 속절없이 다르다
> 늙은 남자 송이는 첫사랑 송이의 고사리손 그리워하겠지만.

—「귀향 인사」 전문

시인은 눈발 흩날리는 겨울에 눈송이들의 "뿌리 찾아 먼 조상의 땅으로 가뭇없이 떨어지는 귀향"을 상상해본다. 허공에서 "손발 접고 온몸으로 영혼까지 끌어안고" 떨어지는 '눈송이들'은, 지상에서 "짧은 여생을" 살고 있는 인간 존재의 보편성을 비유한다. 아닌 게 아니라 인간 존재의 다양성처럼 "어떤 송이는 고층빌딩 꼭대기에 떨어져 당황"하기도 하고, "다른 송이는 개들의 소리를 타고 고샅에 내리고" 있으며, 어떤 것은 "엄마 찾으며 하릅송아지 콧등에 앉는" 것이 아닌가. "저녁 무렵 우악스런 까마귀 소리에" 밟히기도 하고, "고양이가 눈 속에 담아 안방으로 들고" 가기도 하는 '눈송이들'은 저마다 "모두 한 곳을 향하지만/ 당도하는 곳은" 모두 다르다. 그렇게 서로 다른 '눈송이들'은 한편으로는 "천길 벼랑 끝에 서서/ 긴 세월 굳어진 몸으로 살풀이하는"(「몰운대 뻐꾸기」) 열망으로, 한편으로는 불가능한 지상의 사랑에 "그리운 입맞춤이 번번이 빗나가는 것"(「바람의 언덕」)을 암시해주는 존재자들의 표상으로 나타난다. 마지막 행의 "늙은 남자 송이는 첫사랑 송이의 고사리손 그리워하겠지만,"이라는 표현은 시인의 실존을 투사投射한 대목으로서, 시인은 비록 "줄어드는 건/ 참과/ 부지런함/ 그리고 사랑뿐"(「익손益損 계산서」)이라고 노래했지만, 이렇게 아름답고 가없는 '사랑'의 마음을 세심하게 노래하고 있는 것이다.

　이처럼 시인은 '사랑'의 마음을 시집 곳곳에 흩뿌리면

서, 사물들과의 접점 속에서 '사랑'의 시적 상황을 구성해간다. 이때 서범석 시인 특유의 서정성이 가장 풍요롭게 구축되는 것을 우리는 경험하게 된다. 그리고 시인은 삶의 순간마다 경험하게 된 고통과 열망과 기다림을 직접 드러내고 치유하기보다는, 그것들의 연원을 끊임없이 환기하면서 그것들을 향한 긴장과 응시와 견딤을 택하는 것이 '시적인 것'에 더 가깝다는 생각을 생래적으로 가지고 있다. 그 점, 그가 노래하는 '사랑'의 시학이 결여형을 넘어서는 커다란 힘을 가지게끔 해주는 원형질이 아닐 수 없을 것이다.

5.

최근 우리 시에 가장 빈곤한 영역이 있다면, 아마도 그것은 근본주의적 이상理想을 시인 자신의 절실한 경험적 현실과 유추적으로 연관시키는 방식일 것이다. 그런가 하면 우리는 한때 왕성하게 펼쳐진 난해성 기조基調의 시편들에서 시적 이상과 현실 사이에 존재하는 물리적 간극 자체가 무화되는 경우를 목도하기도 하였다. 서범석 시인의 이번 시집은 이러한 근본주의적 이상과 난해성의 환멸이라는 두 편향을 벗어나는 개성적인 힘과 지혜를 아울러 가지고 있다. 그 점, 서범석 시편의 가독성과 감염력을 보여주는 커다란 장처長處일 것이다. 시집

표제작을 읽어보자.

초등학교 6학년일 것 같은 여자 안경이 지나간다

고1 여학생일 것 같은 핸드폰이 아기 같은 가방을 업고 고개를 숙이고 손가락질이다

꽃뱀일 것 같은 카키색 재킷이 만남의자 주위에서 맴돌며 핸드폰의 귀에다 입을 맞추며 독백하다가 같은 색 가방을 메고 이마트 쪽으로 사라진다

신입사원일 것 같은 푸른 점퍼가 등 뒤로 카메라를 얽어메고 운동화를 끌면서 화장실로 쏟아진다

일터에서 이미 잘렸을 것 같은 스마트폰이 비닐봉지 속에 시든 꽃다발을 모시고 주머니 속에 쑤셔 박힌 것처럼 절뚝거린다

이어폰 줄에 체포된 셀룰러폰을 손바닥에 올려놓고 독경하듯이 청바지가 '타는 곳' 녹색 화살표 사이로 사라진다

비 오지 않는 날에 우산을 들고 작은 가방을 엇멘, 이혼 직전일 것 같은 털신이 아주 긴 손전화기와 말싸움을 끝내고 기둥에 감겨 안정된 팔각의자에서 엉덩이를 털며 일어난다

평촌역에는 게이트단말기가 한 곳에만 있어서 모든 승객은 이놈의 승낙 없이는 출입할 수가 없다

　　　　　　　　　　　　—「짐작되는 평촌역」 전문

'평촌역'이라는 구체적 장소에서 일어나는 이 일상적

인 풍경은, 그 자체로 사물과 내면의 활달하고도 내밀한 접점의 역동성을 잘 보여준다. "초등학교 6학년일 것 같은 여자 안경"과 "고1 여학생일 것 같은 핸드폰" "꽃뱀일 것 같은 카키색 재킷" "신입사원일 것 같은 푸른 점퍼" "일터에서 이미 잘렸을 것 같은 스마트폰" 등은 사물들이 사람의 표지標識가 되어버린 요즘 세태를 재미나게 담고 있다. 그 사물들(안경/ 핸드폰/ 재킷/ 점퍼/ 스마트폰/ 청바지)을 통해 '짐작'해본 서사narrative들이 평촌역을 그득 채우고 있다. 도처에 사물을 통해 동질감이 부여되는 시뮬라크르의 세상이 잘 펼쳐진 것이다. 나아가 "이혼 직전일 것 같은 털신"이 등장한 '평촌역'은 "고를 것도 없고 뽑을 것도 없는 마음"(「단칸 통나무방 문 닫기」)들이 무심하게 지나가고, "열 수도 닫을 수도 없는 가슴" (「겨울과 봄 사이」)들로 가득 채워진 공동共同과 공동空洞의 공간으로 화하게 된다. 이 분주하고도 쓸쓸한 지상의 질서야말로 서범석 시인이 노래하고자 했던 '경전/ 윤슬'의 이미지나 '사랑/ 귀향'의 행동이 희미해져가는 시공간을 역동적으로 담아낸 미학적 결실일 것이다.

근원적으로 서정시는 절절한 자기 고백과 확인을 일차적 창작 동기로 삼는 언어 양식이다. 그래서 그것은 철저히 시인 자신의 성찰과 다짐을 매개로 하여 착상되고 표현되게 마련이다. 그만큼 서정시의 저류底流에는 시인 자신이 오랫동안 겪어온 절실한 경험 가운데 깊은 기억의 층이 녹아 있는 경우가 많다. 그 오랜 시간 속에서 시인은 회상回想과 예기豫期를 숨가쁘게 치러내면서, 현실 질서의 재구축보다는 상상 질서의 탈환 과정을 선명하게 보여주게 된다. 따라서 시인 스스로는 다소 머뭇머뭇하면서 흔들리는 꿈의 속성에 더 친화하게 마련일 것이다.

지금까지 우리가 천천히 읽어온 서범석 시인의 시집은, 자기 표현의 정직성을 모토로 하는 나르시시즘과 대상과의 친화를 욕망하는 타자성 사이에서 발원하는 속성을 구비하고 있다. 고백성이라는 측면에서 보면 그의 시편들은 정직성의 극점을 보여주고 있고, 사물에 다가서는 방법론으로 보면 그 이면에 숨겨 있는 풍경과 상처를 발견하고 노래하는 모습을 보여주고 있다. 그가 궁극적으로 그려 보이려는 시적 지형은 그렇게 세상에서 발견해가는 사물과 내면의 활달하고도 내밀한 접점의 역동성에 있을 것이다. 그리고 그 세계 안에서 우리의 삶도, 감각도, 경험이나 기억의 깊이도, 아스라하게 번져갈 수 있지 않겠는가.